リンゴちゃんのおはな

角野栄子・作　長崎訓子・絵

リンゴ《りんご》ちゃんです。

リンゴ《りんご》やまの　おばあちゃんが　マイ《まい》に
つくってくれた、せかいで　たった　ひとつの
リンゴ《りんご》の　かおの　おにんぎょうです。
まっかっかの　かおは、ちょっと　へんだけど、
リンゴ《りんご》ちゃんは　じぶんの　ことを、せかいで
いちばん　かわいい　おにんぎょうだって、
いばるのです。

リンゴ《りんご》ちゃんは、おすましするのも　じょうず。
わっはっはっはって、わらうのも　じょうず。
ぎょろり　ぎょろりって、にらむのも
じょうずです。
そして、なんでも　いちばんが　だいすきです。
いちばんの　いちばんが　だいすきです。

これは、チャンピオン《ちゃんぴおん》くんです。
ブタ《ぶた》の　ぬいぐるみです。
マイ《まい》が　あかちゃんの　ときから、
なかよしです。
ころころ　ふとっているけれど、ボール《ぼーる》けりが
とっても　じょうず。
はしるのも　じょうず。
そして、いつも　にこにこ　ごきげんです。

はるに　なりました。
おひさまも、ぽかぽか　わらっています。
おかあさんが、マイ《まい》と　リンゴ《りんご》ちゃんと、
チャンピオン《ちゃんぴおん》くんに　たねを　ひとつずつ
くれました。
うえきばちと　じょうろも　くれました。
「だいじに　そだててね。
どんな　おはなが　さくかしら？」

マイ《まい》と　リンゴ《りんご》ちゃんと　チャンピオン《ちゃんぴおん》くんは、
たねを　うえました。
おみずも　たっぷり　あげました。
「あたしの　おはなが、いちばんに　さくよ」
リンゴ《りんご》ちゃんは、いばって　いいました。
「ちがいます。あたしのが　いちばんよ。
だって、あたしは　おねえさんだもん」
マイ《まい》が　いいました。

「みんな　いっしょだよ、きっと」
チャンピオン《ちゃんぴおん》くんが　いいました。

マイ《まい》と　リンゴ《りんご》ちゃんと　チャンピオン《ちゃんぴおん》くんは、
まいにち　まいにち、おみずを　あげました。
おおきくなる　うたも　うたいました。
マイ《まい》ちゃんの　うた。
「ぐんぐん　のびのび
あたしの　おはな
ずんずん　のびのび
あたしの　おはな

『マイ《まい》ちゃん　こんにちは』って
おかおを　みせて」

リンゴ《りんご》ちゃんの　うた。
「ぐんぐん　のびのび
いちばん　いちばん
ぐんぐん　のびのび
いちばん　いちばん
リンゴ《りんご》ちゃんの
おはなは
いっとうしょう」

チャンピオン《ちゃんぴおん》くんの　うた。

「かわいいな
ぼくの　おはな
はやく
おおきくなってね
なかよく
あそぼうね」

まいにち　まいにち、マイ《まい》と　リンゴ《りんご》ちゃんと
チャンピオン《ちゃんぴおん》くんは、うえきばちの　なかを
のぞいて、「おおきくなあれ」の　うたも
うたいました。
　すると、やっと　やっと
ちいさな　めが
でてきました。

「みて　みて。やっぱり　あたしの　おはなが

いちばん　おおきい」

マイ《まい》が　いばって　いいました。

「ほんとだあ。マイ《まい》ちゃんのが　ちょびっと

おおきい」

チャンピオン《ちゃんぴおん》くんも　いいました。

リンゴ《りんご》ちゃんは、くやしくって　くやしくって、

じぶんの　おはなを　にらみました。

ぎょろり。

すると、リンゴ《りんご》ちゃんの　おはなは、
こわそうに　ぶるぶる　ふるえだしました。
それから、あわてて　せのびして、すこし
おおきくなりました。
「ほらっ。あたしのが　いちばんだ」
リンゴ《りんご》ちゃんは　いいました。

ぐんぐん　のびのび。
三《さん》にんの　おはなは、まいにち
おおきくなっていきます。
はっぱが　でてきました。
「みて、みて。あたしの　はっぱが
いちばん　おおきい」
マイ《まい》が　うれしそうに　いいました。
「ほんとだあ。マイ《まい》ちゃんのが

ちょびっと　おおきい」
チャンピオン《ちゃんぴおん》くんも　いいました。

リンゴ《りんご》ちゃんの　めが、
きっきっと、　ひかりました。
リンゴ《りんご》ちゃんは　くやしくって　くやしくって、
はっぱを　にらみました。

ぎょろり　ぎょろり。
すると、リンゴ《りんご》ちゃんの　おはなは、
こわそうに　ぶるぶる　ふるえだしました。
それから、あわてて　はっぱを
おおきく　ひろげました。
「ほら。あたしのが　いちばんだ」
リンゴ《りんご》ちゃんは　いいました。

ぐんぐん　のびのび。
おはなの　てっぺんに、
つぼみが　できました。
「わーい、つぼみだ。
みんな、おそろいの
つぼみだ」
チャンピオン《ちゃんぴおん》くんが
いいました。

「ちがうわ。よく　みて。
あたしのが、いちばん
おおきいわ」
マイ《まい》が　いいました。
「ちがう。あたしのが
いちばんよ。
いっとうしょうよ」
リンゴ《りんご》ちゃんが　いいました。

つぎの　あさ、みんな　はやおきして、
おにわに　とびだしました。
おはなは　そろって、さいていました。
「わー、きれいだなあ」
チャンピオン《ちゃんぴおん》くんが、ばんざいして
いいました。

「ほら、やっぱり　あたしの　おはなが
いちばん　おおきいわ」
マイ《まい》が　いいました。
「ほんとだ。マイ《まい》ちゃんのが
ちょびっと　おおきい」
チャンピオン《ちゃんぴおん》くんが　いいました。
リンゴ《りんご》ちゃんの　めが、どんどん
つりあがって、さかだちになりました。

リンゴ《りんご》ちゃんは、くやしくって　くやしくって、
おはなを　にらみました。
ぎょろり　ぎょろり　ぎょろり。

それを　みた　リンゴ《りんご》ちゃんの　おはなは、
こわくて　ふるえだしました。
ぶるぶる　ぶるぶる、ほかの　おはなも
ふるえています。
リンゴ《りんご》ちゃんの　おはなは、ねっこを
ぐっと　ひっぱると、うえきばちから
にげだしました。

「あたしの　おはな、
いっちゃ　だめ！」
リンゴ《りんご》ちゃんは
おいかけました。
おはなは　にげていきます。
どんどん　ぴょんぴょん。
その　はやいこと、はやいこと。
リンゴ《りんご》ちゃんは、

いっしょうけんめい　おいかけます。

「リンゴ《りんご》ちゃん、はやく　のりなさい」
マイ《まい》が、さんりんしゃに　のって
はしってきました。
「いっしょに　おいかけよう」
マイ《まい》ちゃんに　おんぶされた
チャンピオン《ちゃんぴおん》くんも、いいました。
リンゴ《りんご》ちゃんも、かごの　なかに
とびのりました。

その　あいだにも　リンゴ《りんご》ちゃんの
おはなは　にげていきます。
どんどん　ぴょんぴょん。
その　はやいこと、はやいこと。

おはなは、こうえんに　はいっていきました。

リンゴ《りんご》ちゃんの　おはなは　かだんに
とびこんでいきました。
かだんには、おはなが　いっぱい
さいていました。
リンゴ《りんご》ちゃんの　おはなは、チューリップ《ちゅーりっぷ》の
そばに　とまると、ねっこを　むにむにむにって、
つちの　なかに　いれました。
それから、すまして　きをつけを　しました。

リンゴ《りんご》ちゃんは、
おはなの　はっぱを
ひっぱりました。
「おうちに
かえるのよ」
でも、おはなは
しらんぷり
しています。

「ねえ、
かえろうよう」
リンゴ《りんご》ちゃんは
いいました。
でも、おはなは、
「いや、いや」って、
くびを
ふりました。

リンゴ《りんご》ちゃんの　めが　つりあがって、
ぴかぴか　ひかりだしました。
それを　みた　おはなは、
かだんから　とびあがり、
いちもくさんに　にげだしました。
「リンゴ《りんご》ちゃん、はやく
さんりんしゃに　のって」
マイ《まい》が　いいました。

マイ《まい》と
リンゴ《りんご》ちゃんと
チャンピオン《ちゃんぴおん》くんは、
また、おいかけます。

リンゴ《りんご》ちゃんの　おはなは、にげていきます。
はしを　わたって、パン《ぱん》やさんの　まえを
とおって、やおやさんの　まえを　とおって……。

おや？　あれれ。リンゴ《りんご》ちゃんの　おはなは、どこに　いっちゃったのでしょう？

あっ、いたいた。いましたよ！

リンゴ《りんご》ちゃんの　おはなは、じょうずに
かくれたつもりです。
「あ、みつけた！」
リンゴ《りんご》ちゃんの　めが、また　また、
ぎろーっと　ひかりだしました。
でも、おはなは　しらんぷり。よこを
むいています。コーヒー《こーひー》やさんの　おはなに
なったつもりです。

「リンゴ《りんご》ちゃん、もう　にらんじゃ　だめ！」

マイ《まい》が　いいました。

「そうだよ。にこにこしなきゃ」

チャンピオン《ちゃんぴおん》くんも　いいました。

リンゴ《りんご》ちゃんは、おこりたくて　たまりません。

でも、また　おはなが　にげて、どこかへ
いっちゃったら、たいへんです。

だって、まいにち　おみずを　やって、

だいじにしてきた
たからものですものね。

リンゴ《りんご》ちゃんは、おこりたいのに、おこれません。にらみたいのに、にらめません。リンゴ《りんご》ちゃんは、いっしょうけんめいがまんしました。

めから、ぽつん。

なみだが　ひとつ、おちてきました。

リンゴ《りんご》ちゃんは、ちいさな　こえでいいました。

「もう　にらまないから、いっしょに
おうちに　かえろう」
「あたしも、
かわいがってあげる」
マイ《まい》も　いいました。
「おともだちの　おはなも、
まってるよ」
チャンピオン《ちゃんぴおん》くんも　いいました。

おはなは、だまって
かびんから　ぴょんと
とびだすと、
はしりだしました。
だんだん　はやくなります。
どんどん　ぴょんぴょん。
その　はやいこと、はやいこと。
リンゴ《りんご》ちゃんと　チャンピオン《ちゃんぴおん》くんは、

あわてて　マイ《まい》の
さんりんしゃに　とびのると、
おいかけました。
「まってよーう」

おははは、はしりに　はしって、マイ《まい》の
うちに　はいっていきます。
そして、うえきばちに　とびこむと、
むにむにって、ねっこを　つちの　なかに
いれました。
それから、すましてきをつけを　しました。

「わーい。あたしの　おはな、かえってきた！」

リンゴ《りんご》ちゃんは　おおよろこび。

マイ《まい》も　チャンピオン《ちゃんぴおん》くんも　おおよろこび。

「のど、かわいたでしょ」

リンゴ《りんご》ちゃんは、おみずを　かけてあげました。

おひさまも　ぽかぽか、うれしそうに
わらっています。
マイ《まい》の　おはなも、チャンピオン《ちゃんぴおん》くんの
おはなも、リンゴ《りんご》ちゃんの　おはなも、
なかよく　きれいに　さいています。
でもね、またまた　リンゴ《りんご》ちゃんは、
いばっています。
「あたしの　おはなは、せかいで　いちばん。

だって、かけっこが　できる　おはなだもんね。
わっはっはっは」

作　**角野栄子**（かどの・えいこ）

1935年、東京生まれ。早稲田大学教育学部英語英文科卒業。1970年、ブラジルでの体験をもとにした『ルイジンニョ少年　ブラジルをたずねて』（ポプラ社）でデビュー。『魔女の宅急便』（福音館書店）で野間児童文芸賞と小学館文学賞を受賞するなど受賞多数。2018年に子どもの本のノーベル賞と言われる国際アンデルセン賞・作家賞を受賞。『スパゲッティがたべたいよう』に始まる「アッチ・コッチ・ソッチの小さなおばけシリーズ」はじめロングセラーの作品は数多く、自選童話集「角野栄子のちいさなどうわたち 全6巻」（以上ポプラ社）も刊行されている。

絵　**長崎訓子**（ながさき・くにこ）

1970年、東京生まれ。多摩美術大学染織デザイン科卒業。イラストレーターとして絵本、コミック、さまざまなジャンルの書籍を手がけ幅広く活躍中。映画に関するエッセイも執筆。児童書の仕事に『角野栄子のちいさなどうわたち2』（ポプラ社）『パンダのポンポンシリーズ』（理論社）などがあり、名作文学漫画集『MARBLE RAMBLE』（パイインターナショナル）が文化庁メディア芸術祭マンガ部門審査委員会推薦作品に選定。

リンゴちゃんシリーズ・2

リンゴちゃんのおはな

2004年 5月　第1刷
2023年 3月　第3刷

作　角野栄子
絵　長崎訓子

発行者　千葉 均
編集　松永 緑
デザイン　楢原直子（ポプラ社デザイン室）

発行所　株式会社ポプラ社
〒102-8519　東京都千代田区麹町4-2-6
ホームページ　www.poplar.co.jp

印刷　瞬報社写真印刷株式会社
製本　株式会社ブックアート

ISBN 978-4-591-08130-3 N.D.C.913 63p 22cm

P4220009